DISCOVRS

PRESENTE' A MON-SEIGNEVR LE DAVPHIN,

le iour de son Baptistaire.

A ROVEN,

Chez THEODORE REINSART,
pres la porte du Palais, à
l'Homme Armé.

1606.

DISCOVRS PRESENTE'
A MONSEIGNEVR LE
Davphin le iour de son baptistaire.

V R I E O N de tant de Roys dont la gloire feconde
Eternelle viura par les Climats du monde,
Fils de ce grand Cesar, à qui le tout puissant
Rendra tout l'vniuers sous ses loix fléchissant:
Sacré Fleuron des lis que la foy chaste-viue,
A toussiours conseruez en leur blancheur naifue.
Si parmy le doux air de mille chants diuers,
Qu'Echo pour vous resonne en ce rond vniuers,
I'ose entonner tout bas sur ma rustique lyre
Vn vers qui vostre los hautement face bruire,
Excusez mon audace, & le desir encor
De publier qu'en vous reuiura l'aage d'or.
Desia le nom fameux de H E N R Y l'inuincible,
Vostre pere qui rend l'impossible, possible,
Est par ce globe rond saintement honoré,
Comme d'vn autre Hercul des Gaulois reueré:
Et ses exploits guerriers, dignes d'autant d'histoires,
Ont cueilly les Lauriers pour orner ses victoires,
Lauriers dont la verdeur vos lis decorera,
Tandis que le Soleil sur la France luira,
Ayant pris dans les champs du senglant Dieu de Thrace,

L'Oliue qu'à son sceptre immortel il enlasse.
La Iustice, la Paix, la Foy, la Pieté,
Son courage inuaincu tousiours ont assisté.
Si pour estre vaillant sa prouesse on estime,
On l'admire encor plus pour estre magnanime.
Pour veincre l'ennemy les combats luy sont doux,
Mais plus delicieux pour pardonner à tous.
Iamais ne fut vn Roy si genereux, si sage,
Si Clement, si courtois, si garny de courage:
La Paix, & la Iustice ensemble il fait regner,
Auec les doctes sœurs pour le vice opugner.
Il a remis les arts en leur libre franchise,
Quand la neufuaine troupe en France il a transmise,
Grece, & Rome iamais n'eurent tant de sçauoir,
Comme à sa France seulle il en veut faire auoir,
Aussi ce docte Chœur en voix armonieuses,
Sans cesse redira ses loüenges fameuses:
Car c'est luy qui soigneux sur le front des Guerriers,
Conserue en leur verdeur les Palmes, & Lauriers.
Grece autrefois auoit vn cheuelu Parnasse,
Ou l'on alloit errant par vne occulte trace,
Et ce vaillant Monarque apuyssaint des vertus,
Des Muses a remis les temples abatus,
Mille & mille Helicons faisant par tout construire,
Ou chacun aux vertus, & aux arts va s'instruire.
S'il est ami de Mars, son courage adouci
Prend aussi de Pallas la cure, & le souci.
Il vient tout par amour, par prouesse, ou par armes,
Autant doux en la paix, qu'il est fier aux alarmes.
MONSEIGNEVR, ces beaux faits qui dans l'eternité
Ont viuement graué son beau los merité,

Vous seront partagez de la main liberale
Du grand Dieu le regent de vostre ame Royale.
Ià de tout l'vniuers les plus superbes Roys
Redoutent le Dauphin, colonne de nos loix,
Et Timides sçachant vostre heureuse naissance,
Ont minuté se rendre à l'Empire de France:
Car Fils d'vn grand guerrier que tout le monde craint,
Vostre nom à leur cœur de iuste peur attaint,
Et tout ainsi que l'Aigle esproue la prunelle
De ses petits Aiglons, à la lumiere belle
Du pere de nos iours, vostre cher geniteur
Vous enseignera d'estre en tous endroits veinqueur,
Et rendre pour iamais vos gloires etoffees,
De mille beaux exploits couronnez de trophees.
Puis comme dans le Ciel vnique est le Soleil,
MON PRINCE, vous n'aurez ici bas de pareil
Non plus que vostre pere a trouué de semblable,
Dieu l'ayant rendu seul en ses faits admirable.
Vous estes pres de luy comme vn Astre fatal
Dont l'aspec gracieux, nous gardera de mal.
Astre sainctement beau, dont la lumiere viue,
Sera toustours au bien de ses peuples actiue.
Puissiez vous beau Soleil à iamais rayonner,
Et de cent verds Lauriers vostre front couronner.
Ieune Aiglon haut volant qui sur vos aisles peintes,
Porterez vos subiets aux voûtes d'azur peintes,
Vous estes le pourtrait dignement animé
Du grand Dieu lance-esclers, qui seul vous a formé
Pour vous faire plewoir du Ciel autant de Sceptres,
Que tous ensemble ont eu vos genereux ancestres.
CHARLEMAGNE le preux, & Saint LOYS le bon,

Tyges du sang Royal de l'inuaincu BOVRBON,
Vn genereux THIBAVT iuste Roy de Nauarre,
Qui iusqu'aux Africains fist voir sa vertu rare.
Vn SANCTIVS aussi dont la malle valeur
Le rendit vne fois de trente Rois vainqueur,
Quand d'vn courage braue il deliura Castille,
De leur ioug tyrannique, & durement seruile,
Rapportant pour signal qu'il fut victorieux,
Ces Chaines, Ecusson de vos braues ayeux,
Ou se voit au milieu la pierre precieuse
Que Smaragdus portoit à l'ame ambitieuse,
Smaragdus Colonel de ces barbares Roys,
Superbement veincus par ce Roy Nauarrois.
Or ces Chaines sont donc fatallement liees
A vos lis, pour y voir les Aigles alliees.

   Voyez vous pas encor qu'en vos plus tendres ans
Par tout ou le Soleil darde ses rais luisans
Vous estes redoutable? & vostre renommee
L'ame du cruel Turc à de crainte pasmee.
Ce iour tant souhaité, ce iour qu'à nostre bien,
Au nom du tout puissant vous estes fait Chrestien,
Est aux Rois estrangers fatallement funeste,
Comme a tous les Gaullois vne ioye parfaite.
On charge les autels d'offrandes, & de vœux,
Et mille flots de feu semblent lecher les Cieux:
Dans les temples voûtez mille, & mille Cantiques
Tesmoignent saintement nos liesses publiques.
Io, io, par tout les airs vont resonnant
Et plusieurs chants diuins les Muses vont tonnant,
Vos peuples sont saisis d'vne ioye incroyable,
Comme leurs ennemis d'vne crainte effroyable.

Ainſi que le Lyon hardiment courageux,
Dont le nom ſeulement rend les bergers peureux
Les effroye encor plus quand ſes petits il laiſſe
Iuſtement heritiers de ſa rare proüeſſe :
De meſme fils d'vn Mars, vous reglacez le cœur
Des barbares tyrans, & de crainte, & de peur :
Ils voyent appertement qu' aux Pancartes celeſtes
Sont peints d'vn vif crayon vos futurs, & beaux geſtes,
Que les fils d'Apollon de prophetie attaints
Rediront à iamais dans leurs pœëmes ſaints,
Comme noſtre Ceſar, Auguſte, venerable,
A ſa France a donné le repos agreable,
La remettant pieux en ſon antique honneur
L'Egliſe r'aſſeurant de Chriſt noſtre Seigneur.
Et toutes les vertus ſeront en aſſeurance,
Sous voſtre regne heureux en clemence, & vaillance.
Car tout ce que le Ciel benin en a donné
A HENRY voſtre pere il vous l'a reſiné :
Et tant de raretez, d'honneur, & de prudence,
Dont voſtre mere eſt Reyne, auſſi bien que de France,
Ces graces, ces beautez, qui lui ſent ſur ſon front.
Auec ſes Maieſtez, en partage vous ſont.
Et Dieu le fondement de tous les diadeſmes,
Vous ſera liberal de ſes graces ſupreſmes :
Il vous aſſiſtera de ſon ſecours diuin,
Afin de couronner de vos actes la fin,
Portant vos chaſtes Lis, depuis où Phœbus trempe
Son chef, iuſqu'où flammeux il r'allume ſa lampe.
De ces grands de BOVRBON le nom ſaint, & fameux,
Qui eſt diuinement buriné dans les Cieux,
Et reconnu par tout où le Soleil éclaire,

Rehauſſera par vous ſa non-mourante gloire.
    Comme noſtre HENRY vray pere des François,
Vous ſerez le tuteur des armes, & des loix,
Et comme il eſt Clement, vaillant, & redoutable,
MON PRINCE, vous ſerez en tout inimitable.
Ces bons Religieux, pilliers de noſtre foy,
Qui portent le ſaint nom de Chriſt noſtre grand Roy,
Pour à la pieté, comme à la diſcipline,
La Ieuneſſe enſeigner à la purë doctrine,
Vous maintiendrez touſiours en leur celebre los,
Que leur a releué noſtre inuincible heros:
Ils feront voſtre ſiecle, vn ſiecle de ſcience,
Pour rendre bien heureuſe à iamais voſtre France:
Ils chanteront vos faits, & les eterniſant,
Ils ſeront ſçeus par tout ou Phœbus va luiſant.
Ni tous ces braues preux dont la Grece ſe vante,
Ni meſme tous ceux là que Rome par tout chante,
Ne ſont qu'auancoureurs de voſtre nom fameux,
Qui paſſera celuy des plus Illuſtres preux
Car de tous les vainqueurs vous rauirez les palmes,
Pour rendre vos eſtats & tranquilles, & calmes,
Et ſerez de l'hiſtoire vn futur ornement,
Pour dompter tout le monde, & pour eſtre Clement.
Puis voſtre belle-gloire, à nulle autre pareille,
Tout ce contour mondain remplira de merueille.
Rare mignon du Ciel, & des terres l'honneur,
Fils d'vn grand Roy, pour eſtre au monde ſeul Seigneur,
Comme voſtre pere eſt des Roys le Capitaine,
Qui rend miraculeux toute puiſſance vaine.
Ieune Achil, vous ſerez le Roy de tous ces Roys
Pour planter vos beaux lis iuſqu'au riuage Indois,

                                        Et

Et iuſqu'ou le Soleil mouille ſa blonde treſſe,
Recreu de ſes trauaux cheʒ Tethis ſon hoſteſſe.
En vos faits, en la foy, de vos iuſtes ayeux,
Vos faits, & voſtre foy eternels ſeront veux,
Car vous porteʒ vaillant, d'vn pere la belle ame,
Qui de cent mille honneurs diuine vous enflame,
Comme luy vous aureʒ vn courage indompté.
Et de la Reine auſſi la douceur, & bonté,
Vous ſereʒ le Bouclier, & la brillante épée,
Qui lors que vous aureʒ toute terre occupée,
Conſerueront en paix vos fidelles ſubiets,
Et Dieu voſtre tuteur benira vos proiects,
Ioignant à voſtre force, vne rare prudence,
Pour rendre l'vniuers tributaire à la France.
Toutesfois d'vn malheur vous ſereʒ eſcorté,
C'eſt qu'ayant tout ce monde entierement dompté,
Vous n'aureʒ plus moyen d'exercer magnanime
Qu'en admirant vos faits voſtre valleur ſublime,
Valleur d'où ſortira le ſaint maſtic fatal
Dont voſtre pere enta d'vn art du tout Royal
L'Oliue aux chaſtes lis, quand ſon acier ſuperbe,
Renuerſoit les Guerriers ainſi qu'vn faucheur l'herbe,
Du ſang des ennemis arrouſant l'Oliuier,
Que vous conſeruereʒ Royallement entier:
Et la foy qu'auiourd'huy par le ſacré Bapteſme
Vous épouſeʒ compagne à voſtre diadeſme,
Vn ſentier vous fera pour vous guinder aux Cieux,
Et vous rendre plus grand que tous ces demi-dieux,
Ces Achils, ces Hectors, ces Aiax, ces Perſees,
Dont Homere nous a les gloires annoncees.
Puis les hoſtes du Ciel qui beniſſent vos iours,

Vos querelles encor espouseront tousiours,
Et quand vous aurez fait inimitable PRINCE
De ce Globe terrestre vne seulle Prouince:
Et qu'au lieu des Croissans vos beaux lis argentez
Seront par l'Idumee, & l'Egipte plantez;
Dieu qui bon vous reserue vne rare PRINCESSE,
PRINCESSE non, mais bien vne grande Deesse
Pour legitime épouse, augmentera vostre heur,
Vous donnant des Enfans dignes de sa grandeur,
Et du beau nom Royal des BOVRBONS inuincibles,
Vrais Herculs pour dompter les monstres plus horribles.
Ainsi vous vous verrez vne couple d'amans,
Les monts, & les Rochers de vos yeux animans,
Soubs vn Hymen sacré, vne chaste Androgine,
Prendra son aliment d'vne flame diuine.
Bref cette grand beauté merueille de son temps,
Rendra tous vos desirs heureusement contens:
Et qui voudra treuuer l'honneur de tout le monde,
Chez vous y en aura vne source feconde.
Tout pres de vous aussi comme Oliuiers nouueaux,
Paroistront vos enfans vertueusement beaux,
Heritiers des vertus, & des graces parfaites
Que d'enhaut vous auez diuinement extraites
Par ordre alternatif, comme ce grand HENRI
Vostre pere, de Mars, & des Graces nourri,
Les receut bien-heureux de la diuine dextre,
A prodiguer du bien à vostre sang adextre.
Outre, le fameux nom d'vn pere, va haussant
Le cœur de celuy-là qui noble se ressent,
Comme vn ieune Lyon qui genereux menace
Bien que foible de corps, mais vigoureux d'audace

Les furieux Taureaux, & d'ongles, & de dents,
Croullant sa Iube d'or, roüant ses yeux ardents,
Semble ia desirer magnanime combatre,
Et veinqueur sous ses pieds ses ennemis abatre,
Ainsi ceux de BOVRBON d'vn beau sang échaufez,
Tendres d'ans, vieux d'esprit, desirent les Trophez;
Et le cœur gros d'honneur, hardis veulent aprendre,
Les métiers de Bellonne, en leur ieunesse tendre,
Ayant pour aiguillon les gestes glorieux,
Et les valleureux faits de leurs dignes ayeux.
Toustours ce sang illustre aux vertus sert d'escorte,
Pour les vices dompter sous sa puissance forte,
Et ce nom tant connu dont vos ancestres ont
Aux rebelles graué la crainte sur le front.
Ce nom de TRES-CHRESTIEN, ce beau nom tãt
    insigne,
Qu'auourd'huy vous prenez comme en estant tres-digne,
Est vn auspice heureux de voir pour tout iamais,
Par le monde regner la Iustice, & la paix.
Ce ne sera par tout que douceur, que Clemence,
Qu'amour, que pieté, qu'honneur, qu'esioüissance,
Les loüenges de Dieu par mille chants diuers,
Sans cesse on entendra resonner par les airs.
Les champs ne produiront opulemment fertiles,
Sans estre cultiuez que fruicts à l'homme vtiles,
L'ortie, & les chardons seront changez en fleurs,
Comme en ioye, & en ris les sanglots, & les pleurs:
Ce qui est de plus rare en l'Indienne terre,
Et ce que l'Arabie en son giron enserre,
La Muscade, le Clou, la Canelle, & l'Encens
A l'enuy l'on verra par les Gaulles croissans.

B ij

Par ordre les saisons se suyuront fauorables,
Sans estre aucunement à Ceres dommageables.
Le Printemps doux riant, & l'Esté sec, & chaut,
L'Automne vendengeur temperé comme il faut,
Et l'Hyuer froidureux à la perruque grise,
De richesses feront naistre vne manne exquise.
Bref Astrée, & Themis que l'Alcide Gaullois
Du Ciel à fait descendre en ce terroir François
Pour rendre vostre Altesse en cent façons heureuse,
N'abandonneront point la France populeuse.
    Regnez donc, MONSEIGNEVR, cher fils du plus
        grand ROY,
Qui iamais porta sceptre, & ordonna de loy,
Enfanté d'vne REINE aussi prudente, & sage,
Qui çà bas ait esté depuis le premier âge,
REINE des cieux veniie, à qui les deitez
Departent chacun iour mille felicitez,
Et qui vous a donné des sœurs rares Princesses,
Pour emporter le prix des plus grandes Deesses.
Ces deux ieunes Pallas, ces deux belles Cypris
Suiets pour exercer les plus diuins esprits,
Princesses des beautez, vertueuses infantes
Ou deux grands demy dieux ont fondé leurs attentes,
Parestront sur leur sexe, ainsi que Phœbe luit
Sur les autres flambeaux de la brunette nuiſt.
Ou comme on voit l'œillet, & la Rose odorante,
Toutes fleurs exceller que l'Auril nous presenté.
Puissiez vous tous ensemble heureux passer vos iours,
Tout le temps que Phœbus sur nous fera son cours.
Que le ROY chargé d'ans blanchissant de vieillesse,
Ait encor la vigueur de sa verte ieunesse;

S'il commande au destin, il pourra bien alors,
Viure encor plus long temps que trois fois dix Nestors.
Et que la R E I N E aussi ne voye ses années,
Que de cent mille hyuers heureusement bornées.
Et vous de vos subiets l'apuy saint, & l'espoir,
De mille ans surchargé les puissiez encor voir,
Nos Princesses aussi l'ornement de leur âge
Vos sœurs, que l'Eternel de riches dons partage.
Puis vos ames apres d'vn vol audacieux
Altieres dedaignant ces perissables lieux,
S'en retournent là haut leur premiere origine,
Gouster le doux Nectar de la gloire diuine.
    Or MON PRINCE, pendāt que vous augmētez d'ans,
Faites que vostre Altesse agrée les presens
Qu'humblement vous feront les filles de memoire,
Pour chanter vos honneurs, & vostre belle gloire,
Et qu'à l'ombre sacré de vos beaux lauriers verds
Ie marie à ma lyre vn million de vers,
Saintement animez de vos belles loüenges,
Que l'on entend desia par les païs estranges;
Car ces agrestes chants échauffez de l'Esprit
Des vertus qu'en naissant nostre Dieu vous offrit,
Franchissant l'Ocean, voleront de l'Aurore,
Au Polle, & du Couchant, iusqu'au riuage More.

N. Chrestien les Croix Norm. Arg.

A MONSEIGNEVR LE DAVPHIN SVR LE DISCOVRS de Monsieur Chrestien.

PRINCE de qui les cieux ont cheri la naissance
Et par leur harmonie, & par leur influence,
En te chantant là haut, & bien heurant çà bas,
C'est raison qu'vn Chrestien entonne tes loüenges.
Si ton los sert au ciel d'obiect au chant des Anges
Pourquoy non aux Chrestiens n'en seruira-il pas.
Ie sçay qu'entre les cieux, & la terre ou nous sommes
Naistront des differens, les Anges, & les hommes
Te voulant chacun d'eux auoir entierement,
Mais ceux de qui la voix lors que tu vins sur terre
Celebrerent ton nom, ou bien auront la guerre,
Ou bien se demettront de ce comportement.
Non, non, ie suis trompé, ceste grande querelle
Se retourne en l'accord d'vne paix mutuelle
Qui fait quitter aux cieux la moitié de leur bien,
Ils ont retins pour eux de t'estre fauorables,
Et permis aux humains, qu'en vers inimitables,
Tu fusses immortel par la voix d'vn Chrestien.

A MONSIEVR CHRESTIEN SVR LE MESME DISCOVRS.

Toy qui vas crayonnant la face
D'vn tel Baptesme en peu de vers,
Tu pourtraicts en trop peu d'espace,
Tout l'ornement de l'vniuers.
Non c'est que sçachant la peinture
Pour faire vn ouurage plus beau,
Les merueilles de la nature,
Tu peints en vn petit Tableau.

A. D. M.

A MONSIEVR CHRESTIEN

SVR SON POEME DV BAPTISTAIRE
de Monseigneur le Dauphin.

ANAGRAMME.

NICOLAS CHRETIEN.
LE SACRÉ CINTHIEN.

Quel Chantre tout nouueau, d'vne coulante veine,
Or entre les François va remportant le pris,
Et surhausse l'honneur des plus rares esprits
Qui iamais ont hanté les sources d'Hypocrene?
Est-ce luy dont la voix faconde nous rameine
Les accords Vandomois, dont le stil bien appris,
A pour iuste guerdon de ses braues escrits
Les rameaux consacrez a la docte neufuaine.
N'est-ce pas Apollon qui allume en son cœur
Vn desir de chanter la puissante liqueur
Ou le fils de HENRI grand Monarque se laue?
Voire luy-mesme il est en ce rond vniuers
Le Sacré Cinthien qui entonne son vers
Et si brauement docte, & si doctement braue.

A LVY-MESME SVR SON
NOM DES CROIX.

Chrestien si ie connois vn beau nom c'est le tien,
Mais auecques ses Croix tout parfait il m'enflame.
La Croix seulle est l'obiet d'vn fidelle Chrestien,
Et le Chrestien sans elle, est vn corps sans son ame.

Ant. D. M. G.